MÉMOIRES

D'UN

LIÈVRE

IL A ÉTÉ TIRÉ DE CET OUVRAGE

six exemplaires numérotés, sur papier impérial du Japon

CHARLES DIGUET

MÉMOIRES

D'UN

LIÈVRE

Avec 50 dessins originaux

DE

RÉNÉ VALETTE

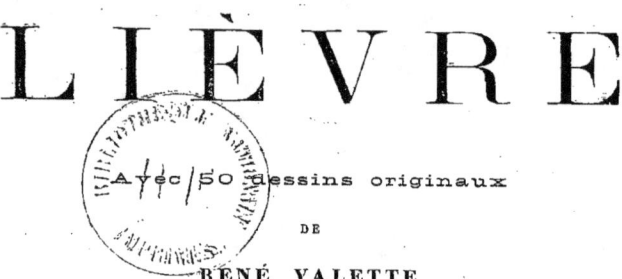

PARIS

BIBLIOTHÈQUE DES DEUX-MONDES

L. FRINZINE ET Cie, ÉDITEURS

1, Rue Bonaparte, 1

1886

I

En ce temps-là, mourut en
Normandie, dans son château,
un gentilhomme campagnard, le
baron Tancrède des Hautes-Futaies, en son vivant chasseur intrépide,
dont les trois quarts de l'existence
s'étaient passés à courir bois et

guérets en compagnie de ses chiens. Au demeurant, homme de bien, charitable et dont la mort causa des regrets sincères dans toute la contrée.

Se sentant près de sa fin, Tancrède des Hautes-Futaies fit appeler son curé, se confessa et s'en alla de ce monde en bon catholique.

L'âme, une fois séparée du corps, s'envola vers le ciel et vint frapper à la porte du Paradis.

Saint Pierre, qui en est le gardien, comme chacun sait, parut aussitôt. Il avait en main le gros trousseau de clefs légendaire : la clef qui ouvre la grande porte, au centre de laquelle voltigent les âmes en peine de repos, et la clef de la porte basse qui conduit directement au séjour des bienheureux.

A peine la grande porte, tournant sur ses gonds, se fut-elle entre-bâillée pour livrer passage à saint Pierre, que le sire des Hautes-Futaies chercha à en franchir le seuil. Saint Pierre l'arrêta avec douceur et lui demanda ce qu'il désirait.

— Entrer au Paradis, répondit Tancrède.

— Mais, pour être admis dans ce lieu de repos, répondit saint Pierre, vous n'ignorez pas qu'il faut non seulement être en état de grâce, mais encore avoir fait pénitence de ses péchés ?

— Grand saint, répliqua humblement Tancrède, je me suis confessé et j'ai eu l'absolution.

— Nous le savons; toutefois cette confession *in extremis*, qui vous préserve d'aller en enfer comme un mécréant, ne vous dispense point de la pénitence posthume que beaucoup de chrétiens, dont la vie n'a point été exemplaire, doivent subir en faisant quelques années de purgatoire.

Vous n'avez pas ce qu'on pourrait dire mené une vie dissolue comme les païens, vous n'avez ni volé ni assassiné. Cependant votre existence sur la terre n'a point été des plus édifiantes.

Vous avez constamment employé votre temps à chasser, sans songer à votre âme qui, présentement, se trouve en peine par votre faute.

Combien de fois vous êtes-vous mis en chasse le dimanche sans avoir entendu la messe? Et, une fois en chasse, ne vous est-il pas arrivé fréquemment d'entrer dans des colères bleues et de jurer le saint nom de Dieu? Toutes ces infractions sont autant de péchés mortels! Et puis, n'avez-vous pas aussi transgressé les commandements de l'Église en faisant gras le vendredi et autres jours défendus? Par la situation que la Providence vous avait accordée, vous deviez à tous le bon exemple, et vous avez été pour quelques âmes un sujet de scandale.

Cependant, mon frère, l'infinie miséricorde de Dieu, plus immense que tous les péchés des hommes, quelle que soit leur noirceur, a été touchée par votre repentir final et par la charité que vous avez toujours pratiquée pendant votre vie.

Vous avez soulagé les pauvres et été compatissant à ceux qui souffraient, il vous en sera tenu compte. Quelques années de purgatoire achèveront de vous purifier ; et dans cette privation momentanée du séjour des bienheureux, vous serez consolé par la pensée que vous y entrerez un jour.

III

Ayant prononcé ces paroles, saint Pierre allait se

retirer et refermer la porte, lorsque Tancrède des Hautes-Futaies le tira en désespéré par le pan de sa robe d'azur afin de l'entretenir encore.

— Eh! bon grand saint, s'écria-t-il, j'ai été bien coupable, il est vrai; mais avec ma nature active, que voulez-vous donc que je fasse en purgatoire? me morfondre ainsi pendant de longues années, c'est en vérité me mettre en enfer!

Dites-en un mot au bon Dieu!

— Dieu sait tout, répliqua saint Pierre, et une âme ne peut paraître devant lui qu'entièrement purifiée.

Tancrède soupira.

— Si seulement je pouvais retourner quelques années sur la terre, je ferais pénitence!

— En chassant? objecta malicieusement le prince des apôtres.

Des Hautes-Futaies ne répondit ni oui ni non.

Peut-être avait-il conscience du serpent toujours vivant qui le mordait au cœur.

Saint Pierre demeura quelques instants sans parler; puis soudain il dit au baron :

— J'ai pitié de ton repentir et je veux bien, par faveur exceptionnelle, te renvoyer quelque temps sur la terre.

— Bon saint Pierre !

— Ne vas pas si vite; tu retourneras sur terre, mais

non point en baron des Hautes-Futaies, chassant du matin jusqu'au soir, courant lièvres et renards.

Tancrède était anxieux.

— Tu reverras tes anciens domaines, non en seigneur, mais dans la peau d'un lièvre ! A ton tour, tu seras traqué de la belle façon. Ton exil du Paradis durera autant de temps que tu sauras protéger ta vie contre les embûches que tes descendants et amis te tendront. J'aime à croire qu'après avoir été un vaillant chasseur, tu te souviendras (faculté du reste qui ne te sera pas enlevée) des habiletés et ruses des chasseurs, afin de te soustraire à leurs coups.

Le jour où tu auras été frappé mortellement, ton âme reviendra ici, et tu auras de la sorte accompli les années de purgatoire que la justice exige de toi.

Ce temps que tu vas passer sur terre, toujours tremblant, ne dormant que d'un œil, subissant les intempéries des saisons, en lutte continuelle avec l'homme et tes ennemis naturels, sera ton temps d'expiation. La vie sauvage est dure, alors que le vent, la grêle, la pluie, la chute des feuilles et la neige accablent. D'autre part, par une vue providentielle, ton instinct de conservation prolongera tes années d'épreuves qui seraient vite finies, si ce que tu

2

garderas de ton intelligence humaine n'était contre-
balancé de la sorte.

Tu souffriras des hommes, des ennemis des bois, de la
peur constante et des saisons.

Acceptes-tu?

Tancrède, qui ne songeait qu'à revoir ses bois tant
aimés, fit un signe d'acquiescement.

IV

Au même instant, saint Pierre
referma la porte du Paradis, et
Tancrède des Hautes-Futaies se
trouva incontinent trans-
porté sur la terre, au sein
même du domaine qu'il
tenait de ses aïeux et où
il avait vécu pen-
dant soixante-dix
ans.

Seulement,
au lieu d'occu-
per la place sei-
gneuriale dans
la grande salle
du château, où
tant de fois il
avait réuni ses

compagnons de chasse, sablant un vieux vin et donnant le *la* des chansons joyeuses et des fanfares, il
se trouva tout simplement blotti dans l'excavation d'une
cépée formée par la racine d'un chêne quinquagénaire.

Déjà il était remplacé au fauteuil d'honneur par un
neveu peu ou prou connu, qui parfois l'avait traité de
vieille ganache.

Il y a ainsi des retours plaisants dans les choses d'ici-
bas !

Tancrède était, suivant sa convention tacite avec le
gardien du Paradis, transformé en lièvre.

Il faisait grand jour quand il se réveilla au milieu
des bois, et cela sans souvenance aucune de ce qui
lui était arrivé.

Saint Pierre le lui avait prédit : à l'instinct prime-
sautier de tout animal créé, s'adjoignait un reliquat d'intelligence afférente à l'humanité dont il avait fait partie.

Aussi, s'il ne se rappelait point les circonstances qui
l'avaient métamorphosé de la sorte, il se trouva tout
à coup réunir l'expérience des vieux lièvres et la science
des bons chasseurs, pour lesquels les ruses d'iceux
sont jeux d'enfants.

Ce fut donc d'emblée un maître lièvre très soucieux de

sa conservation et créé pour donner du fil à retordre aux disciples de saint Hubert, qui jamais ne se doutèrent qu'il existât entre eux et lui un degré quelconque de consanguinité. Dieu sait s'ils en eussent été mortifiés, ces détenteurs de l'autorité ici-bas, qui usent si largement du droit de mort sur les créatures que la Providence leur a subordonnées !

V

Ici, nous laissons la parole à Tancrède, devenu, par la clémence de saint Pierre, un fort beau financier au poil roux, à la mine éveillée, à la course rapide, et qui, par la grâce de Dieu, a laissé à ses descendants et pour l'édification des chasseurs des notes édifiantes sur ses années de vie en plein air.

Dont jouxt la copie textuelle :

VI

« Du plus loin qu'il me souvienne, c'est qu'un matin je
me trouvai gîté entre deux racines d'arbres au milieu

des bois, et qu'un beau rayon de soleil, filtrant à travers
la feuillée naissante, vint réchauffer mon nez refroidi par
la rosée de la nuit.

3

Qu'avait été mon enfance ? Je n'en sais rien. Je me trouvai tout à coup un trois-quarts, comme disent les chasseurs, très capable de frayer avec les vieux routiers mes congénères, dont quelques-uns, éclopés, en savaient long.

Qu'étaient devenus mon père et ma mère ? Ici encore mon ignorance est complète.

Mais je dois ajouter que, dans notre race, lorsqu'on est élevé, on se sépare, et chacun travaille pour soi, cherchant sa vie comme il le peut. Il est certain que j'avais été bien soigné et mis en état de me suffire !

Je passai donc cette journée — la première de ma vie dont j'aie conservé la mémoire — en mon gîte, songeant, en résumé fort tranquille, dans une sorte de béate somnolence, qu'aucun bruit insolite ne troubla.

Vers le soir, quand le soleil eut disparu, je me dégîtai rapidement, d'un bond, me rasai, fis un temps de galop les oreilles collées sur le dos. En quelques minutes, je fus loin. Alors je m'arrêtai, regardant de tous les côtés ; mais, n'entendant rien, je me mis à marcher d'assurance.

Bientôt je rencontrai mes congénères qui, comme moi, avaient délaissé leur retraite.

En lièvres bien appris, nous eûmes bientôt fait connaissance, et la nuit n'était pas encore terminée que, sur quelques paroles qui m'étaient échappées, on m'accorda une certaine déférence.

Les hommages de ses pairs flattent toujours la vanité, et je me pris subitement d'affection réelle pour mes compagnons.

L'aube à peine commençait à blanchir l'horizon, que je jugeai prudent de chercher un nouveau gîte, les engageant à en faire autant et à ne pas se laisser surprendre par le jour. Car alors ils se verraient forcés d'établir leur demeure là où ils se trouvaient pour ne point, par une course imprudente, exciter l'envie de notre ennemi commun : l'homme.

Le printemps et l'été s'écoulèrent assez paisiblement, à part, toutefois, les alertes que nous causaient les allées et venues dans les bois et les travailleurs dans la plaine. La nourriture, passablement abondante, nous convenait et nous empêchait de vagabonder trop loin.

Le domaine dans lequel je me trouvais, très bien gardé, nous offrait une sécurité relative très appréciable pour nous autres qui passons notre existence dans un qui-vive perpétuel, agités par des transes sans nombre.

Hélas! cette quiétude relative eut un terme.

VII

Certain jour, je vis plusieurs gardes, le fusil au dos, pénétrer dans le bois.

Nous autres lièvres, nous distinguons, du plus loin qu'il soit possible de voir, l'homme tenant en main l'instrument de destruction. Aussi, dans la campagne, à peine un particulier paraît-il avec ses outils de travail ou conduisant une charrette ou un cheval, nous sommes sur-le-champ presque rassurés, bien que cependant il y ait là aussi des mécomptes, mais j'y reviendrai, tandis qu'un paysan avec son fusil nous cause, du plus loin que nous l'apercevons, un émoi indescriptible.

Ce jour-là, les gardes me parurent avoir une mine douteuse. Bien foulé dans ma retraite, au milieu d'une touffe d'herbes blanches, je les suivais du regard avec anxiété.

Ils s'éloignaient cependant ; mais bientôt j'entendis plusieurs coups de fusil. On faisait la chasse aux ennemis du bois : pies, geais, tiercelets, chats sauvages,

belettes, etc. C'était bon pour nous, bien que cette sollici-
tude à notre égard dissimulât mal l'égoïsme du maître
du château qui nous réservait pour lui-même à une
époque déterminée. Cependant, il fallait se réjouir du
présent et prendre la vie comme elle venait. Néanmoins,
je n'étais point sans une certaine inquiétude.

Et bien m'en prit, comme vous allez le voir.

Après une fusillade d'une heure environ, le garde-chef,
accompagné de ses acolytes, repassa près du buisson où
j'avais élu domicile.

— En voilà assez pour aujourd'hui, dit-il ; six pies, un
émouchet, deux geais, une martre, portez tout cela chez
le baron, nous recommencerons dans deux jours, et il en
sera ainsi jusqu'à l'ouverture.

Ceux qui l'avaient accompagné partirent, ainsi qu'ils
en avaient reçu l'ordre. Mais lui resta en arrière, visitant
buissons et coulées, probablement en vue de s'assurer
s'il n'y avait pas de collets.

Ce garde consciencieux faisait son devoir, et malgré
cela ses allures me donnaient de l'inquiétude. Il allait et
venait dans un rayon de cinquante mètres, paraissant
préoccupé d'une idée.

M'avait-il aperçu ? Je me faisais aussi petit que possible

dans ma hutte d'herbes blanches, les oreilles collées au
dos, écoutant tous les bruits et surtout ne le perdant pas
de vue à travers les brindilles d'herbes. Ses compagnons
étaient partis depuis un quart d'heure. Tout à coup il
se rapprocha et je le vis faire un détour, l'œil dirigé
vers la terre.

Qu'avait-il vu?

Soudain, je l'entendis se dire en aparté:

— Celui-ci, c'est pour Bibi.

Bibi c'était lui.

Il ajouta:

— Mon bel ami, à nous deux! le baron a demandé une
couple de lapins pour demain; mais tu viendras dans
mon carnier, j'ai le parrain
de la petite à dîner dimanche,
ton râble fera bien sur ma
table.

Ce disant, il mit en joue.

Un coup de feu retentit, qui me bouleversa jusqu'au
fin fond des entrailles, et notre homme alla ramasser à
trente pas de moi un de mes compagnons.

J'étais atterré!

Mon pauvre ami, qui n'était point tout à fait mort,

poussa des cris d'enfant qui m'attendrirent à ce point que mes jambes défaillantes ne m'eussent été d'aucun secours.

Le bourreau lui frappa sur les oreilles, et ce fut tout. Je vis le *consciencieux* garde-chef mettre dans une poche cachée de son veston la pauvre victime qu'il avait assassinée. Il braconnait aussi à ses heures, ce bon garde modèle auquel étaient confiés les soins de la chasse. Oh! si j'avais pu parler au maître!

Peut-être aussi que celui-là ne m'en eût pas donné le temps!

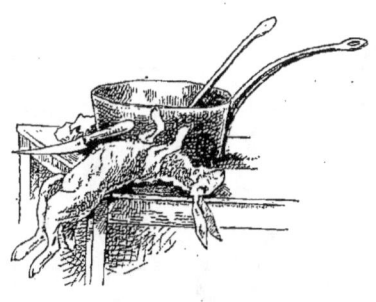

VIII

La vie des lièvres, comme vous le voyez, n'est point semée de roses.

Seulement, je me tins pour averti, et plus que jamais je redoublai de prudence. Car à qui nous fier? pas plus au garde qu'à un autre, et cela en temps de chasse fermée!

Le soir, je fis part à mes amis de l'événement, et je leur conseillai de bien choisir leur gîte, et surtout de ne jamais revenir au même.

Après le garde braconnier, ce fut le braconnier sans commission.

IX

Un soir, à la tombée de la nuit, je vis rôder, à la
lisière du bois dans lequel j'étais rembuché, un gars

de fort mauvaises allures, en vérité. Il inspectait
les taillis, les sentiers donnant sur la plaine, et ne

paraissait cependant avoir nulle envie d'herboriser.

Rien qu'à le voir, on avait froid dans le dos. S'il re-
gardait attentivement la lisière du bois, il surveillait avec
une attention soutenue la plaine, épiant, lui aussi, le
moindre bruit. Il paraissait avoir peur des ombres. Malgré
ce point de ressemblance avec moi, ses manières d'être
ne me revenaient nullement.

Lorsqu'il pensa qu'il était bien seul, il s'arrêta.

Puis il sortit de sous sa blouse quelques cercles
de laiton — espèces de nœuds coulants — qu'il fit
jouer afin de s'assurer de leur élasticité. Ensuite, se
baissant, il en attacha un à une branche d'arbre et
l'adapta à une coulée. Ce vilain homme était en résumé un braconnier de la pire espèce : un tendeur de
collets. Il en plaça ainsi une vingtaine le long du bois.
Après qu'il eut accompli sa lâche besogne, il s'en re-
tourna par la plaine comme l'eût fait un honnête tra-
vailleur qui rentre chez lui pour manger sa soupe
après journée faite.

Dès que je l'eus perdu de vue, mon premier soin fut
de me dégîter et de retrouver mes amis que j'avais hâte
d'avertir.

Arrivé à l'un des endroits du bois le plus fréquenté par

nous, je fis claquer mes deux oreilles l'une contre l'autre, signal bien connu par notre gent. Ceux qui m'entendirent ne tardèrent pas à accourir.

Sans préambule, je leur annonçai ce que je savais, les adjurant de s'abstenir de passer par les coulées ainsi qu'ils en avaient l'habitude. Je leur conseillai, pour sortir du bois, de choisir les chemins battus et de ne pas trottiner à la sortie, mais bien de bondir au moment d'entrer dans la plaine, et surtout de ne jamais passer par le même chemin que la veille. Il y eut bien quelques récriminations, comme lorsqu'il s'agit de vaincre une routine, mais je leur démontrai sans trop de peine que la routine était en résumé ce qui perd les peuples. Or, comme, ainsi que je l'ai déjà consigné, on avait une certaine considération pour ma précoce expérience, mon avis fut écouté.

Et lorsque le lendemain matin l'homme aux collets revint visiter les engins tendus la veille, il ne trouva qu'un étourdi de lapin qui s'était fait prendre.

C'était sans doute peu pour lui, car il lâcha un gros juron : c'était beaucoup pour nous.

Je plaignis sincèrement mon confrère Jeannot, mais en résumé je ne pouvais pas me faire le conseil de tous les

hôtes de la vie en plein air; j'avais bien assez de précau-
tions à prendre pour ma sûreté personnelle et pour
ceux de mon sang, ainsi que l'on pourra s'en convaincre
par la suite.

X

A partir de ce jour-là, ce fut tous les soirs la même répétition. Mais au lieu d'un braconnier, il en vint trois, quatre et jusqu'à six.

Grâce à mes conseils, leur butin fut maigre, et il n'y eut guère que deux ou trois jeunes écervelés qui donnèrent dans les pièges. La jeunesse croit toujours tout savoir !

Si le coup de fusil qui avait tué un camarade à quelques pas de moi m'avait bouleversé au point que je ne pouvais entendre le craquement d'une branche sans tressaillir, l'idée de me savoir entouré de pièges si difficiles à déjouer dans un moment d'abandon ou d'oubli m'empêchait de dormir. Obsédé par cette crainte qui me lancinait ainsi qu'une blessure cuisante, je résolus de tâter de la plaine.

Donc une nuit, désertant mon fourré, je m'aventurai dans les champs afin d'y établir mon domicile.

Il y avait des pièces d'avoine, des trèfles, des luzernes et des blés.

Les luzernes me tentaient bien pour la belle saison; toutefois, en les parcourant, je remarquai à l'entrée de l'une d'elles un grand disque que la lune faisait briller. Ce disque, emmanché d'un long bâton, n'était autre qu'une faux. Pour lors, je trouvai sage de ne compter pour rien mon goût et je me réfugiai dans un beau champ de blé bien touffu.

Je dois dire que pendant quinze jours ce fut là que, dissimulé aux regards de tous, je passai mon meilleur temps. Personne ne traversait le blé, et j'y fus réellement tranquille.

J'avais recouvré une partie de ma sérénité d'esprit quand, un matin, j'entendis plusieurs grosses voix. Je prêtai l'oreille et j'appris que le blé dans lequel j'avais élu domicile était mûr et qu'on allait l'abattre.

— Lorsqu'on viendra, me dis-je, il sera temps de détaler.

Las! ce laps de temps ne dura guère, et quarante-huit heures après la conversation qui avait attiré mon attention, j'entendis le bruit rauque de la faucille coupant les gerbes.

Dans mes tournées nocturnes, j'avais avisé, à deux cents mètres de là, un champ de sarrasin en fleur.

Je me réjouis de cette bonne aubaine et je m'y rendis incontinent. Mais à peine y étais-je depuis quelques jours, que les mots *ouverture de la chasse* frappèrent mes oreilles !

C'était le comble !

On allait nous faire une guerre ouverte.

Beaucoup de messieurs parcouraient la campagne d'un air gai qui ne présageait rien d'agréable. Ils s'informaient des compagnies de perdrix, des cailles, et demandaient si les lièvres étaient en bon nombre.

D'après les échanges de paroles que je surpris, nous avions encore huit jours de répit.

L'ouverture ne devait avoir lieu que le dimanche suivant. Je passai ces huit jours à combiner des plans dans ma pauvre cervelle.

Après y avoir mûrement réfléchi, je décidai qu'il y avait lieu de retourner au bois.

Certes, on n'irait point nous relancer dans les fourrés ni ce jour-là ni le lendemain, et il me semblait que nous pouvions compter sur quelques semaines de quasi-quiétude.

Communiquant mon idée à ceux qui m'avaient accompagné, j'entraînai mes camarades avec moi et nous retournâmes sous la feuillée où nous avions passé un si doux printemps. Là, il est vrai, nous étions entourés d'embûches cachées, mais au moins ces diables de coups de fusil ne nous troubleraient plus les sens.

Hélas! sur quoi peut-on compter dans la vie?

Le soir même de ma rentrée au bois, au moment où, avec un ami, nous broutions du serpolet dans une clairière, un formidable coup de fusil, tiré à cent pas de nous, nous fit presque mourir de peur.

C'était un braconnier à l'affût qui prenait les devants et tuait un des nôtres folâtrant au pied d'un hêtre.

Oh! comme cette détonation me glaça le sang dans les veines!

Elle me rappela la mort de mon autre ami et me donna à réfléchir amèrement en songeant à l'avenir.

Ce n'était que le commencement!

Où aller? où trouver un gîte sûr?

La plaine allait être envahie par un bataillon d'ennemis ; la forêt, notre refuge habituel, n'offrait pas beaucoup plus de sécurité.

Le soir de l'ouverture arriva.

En vis-je revenir de mes compagnons cherchant une cépée afin
de s'y cacher ! les uns éclopés, portant leur cuisse cassée
sur le dos, les autres blessés aux reins, d'autres éperdus,
— ces derniers étaient les
moins à plaindre, —
d'autres, enfin, perdant
leur sang et mourant
à bout de forces au mo-
ment où ils atteignaient
le *fort*.

Et je me disais devers moi que les hommes étaient bien cruels !

Depuis que la chasse était ouverte, les gardes faisaient de fréquentes tournées dans le bois, troublant notre repos chaque fois que nous les entendions, car nous savions de quoi ils étaient capables en temps prohibé. Que n'allaient-ils pas se permettre depuis que la fusillade avait commencé !

A peine étaient-ils partis que les braconniers venaient faire une contre-tournée.

XIII

L'un de ces pirates ayant vu un soir le garde quitter le taillis, après sa tournée, y entra à son tour, et choisissant un étroit passage, il tendit sur deux bâtons un filet très clair; après s'être caché dans une position favorable au vent, il envoya ses chiens dans le bois pour lancer ceux d'entre nous qui se trouvaient dans ces parages. L'un des nôtres y fut pris et disparut sans laisser trace de son passage. A un autre coin du bois, un vaurien de la même espèce tendait des lacets.

J'étudiai leurs procédés et j'engageai mes congénères à ne plus sortir en plaine que par les terrains en pente. Les terrains plats sont les plus favorables pour tendre ce qu'ils appellent des cravates et les filets dont je viens de parler. Sur un sol plat, le calcul net du saut que nous pouvons faire est tellement facile qu'il n'y a guère moyen d'échapper.

Cette lutte de chaque heure, de tout instant, de chaque minute, est bien faite pour remplir d'amertume une vie tout entière et affoler des êtres moins timides que nous.

On répète partout que nous sommes peureux à l'excès, pusillanimes et même poltrons !

Ah ! je voudrais bien les voir à notre place, ces braves en chambre armés d'un fusil. Quelle mine feraient-ils si, leur vie durant, ils avaient à passer par toutes les transes qui réduisent notre courte existence à une alerte perpétuelle ! Nous ne pouvons faire un pas d'assurance sans craindre la mort ! Elle rôde sans cesse autour de nous, dans les sentiers, dans les coulées, dans le gîte même, en un mot, sous chaque pas.

Nos ennemis sont aussi nombreux que les feuilles que nous foulons sous nos pieds pendant nos courses folles. Ce sont les chasseurs, les gardes, les braconniers toujours armés; ce sont les collets, les filets, puis les animaux depuis le renard, le loup, le blaireau, jusqu'à la buse, la pie, le geai, la corneille, la fouine, le putois, la belette, le roselet, et le chat, l'infâme !

De plus solides que nous y perdraient la tête. Heureusement que la Providence nous a dotés de jambes exceptionnelles, et aussi d'un sentiment de méfiance extraordinaire qui nous fait suspecter toutes choses et est ainsi, en quelque sorte, notre sauvegarde.

Je le répète ici, mon instinct très délié et mon

expérience prématurée ont sauvé bien des vies, et mes pauvres amis, pendant que j'ai vécu, n'ont eu qu'à se réjouir de mes conseils. Aussi la mortalité pendant quelques années a-t-elle été beaucoup moindre dans nos rangs, sur le canton que j'habitais, et cela à la confusion des chasseurs, incapables de s'expliquer cette disette relative sur une terre vraiment bien peuplée.

Si les moyens de destruction de la part des hommes augmentent, notre expérience s'accroît en raison directe de celle de ces derniers, et cela fort heureusement pour la conservation de notre espèce.

XIV

Un mois après l'ouverture de la plaine, on parla de
l'ouverture du bois. La situation devenait critique, car le
bruit courait qu'il y aurait des traqueurs, que de nom-
breuses invitations avaient été lancées du château et que
l'on cernerait les enceintes.

Demeurer sous le couvert était donc bien imprudent;
je me concertai avec mes compagnons, et nous résolûmes,
à une vingtaine, de déguerpir et d'aller en plaine. Nous
nous disséminâmes dans les champs la nuit qui devait
précéder cette fameuse battue et, au petit jour, nous
creusions des gîtes là où nous nous trouvions.

Il était temps !

Les traqueurs gagnaient déjà les bordures où le
garde-chef leur avait donné rendez-vous.

Le conciliabule dura longtemps, et les heures passèrent
sans que nous entendissions rien; et pourtant je puis
vous assurer que nous étions aux écoutes.

Enfin, vers les onze heures, les chasseurs arrivèrent.

On parlementa et, sur un signe du maître, les groupes se séparèrent.

Mais en voilà bien d'une autre!

Il fut décidé qu'au préalable on battrait la plaine, afin de rejeter sur les tireurs ceux d'entre nous qui se trouvaient gîtés dans les champs.

Les traqueurs se dirigent donc en colonne vers le bas de la plaine, la cernant en entier et formant un éventail afin de nous englober tous.

A quoi donc allaient servir toutes mes combinaisons? J'avais, comme bien on doit le penser, froid jusqu'en mes os en observant tous ces préparatifs.

Comment arriverais-je à me tirer sain et sauf de cette bagarre ?

Une minute de perdue, c'était la mort! aussi n'hésitai-je point.

Je fis un bond et, de toute la vitesse de mes jambes, je pris la plaine par le travers à égale distance des traqueurs et des chasseurs placés le dos au bois.

Aussitôt mon débucher, j'entendis crier : Au lièvre ! Bien entendu je ne me retournai point, et je pus franchir le champ de bataille sans qu'il fût tiré un coup de fusil après moi. Lorsque je m'arrêtai, j'étais bien loin, dans un pays que je ne connaissais point, et où, peut-être, il n'était pas beaucoup plus prudent de m'arrêter.

J'en eus la preuve en peu de temps.

J'étais à peine flâtré sur la lisière d'une éteule et point encore remis de ma course, que j'aperçus, arpentant la pièce, un chasseur précédé de deux chiens : un pointer et un braque français.

Le braque ne s'écartait point à plus de vingt mètres de son maître, tandis que le pointer tirait des bordées de

cinq cents mètres, prenant le terrain en diagonale, croisant et recroisant.

Certainement ce terrible animal, au nez diabolique,

allait m'éventer avant qu'il fût deux minutes. Je ne me
trompais point. Les narines dilatées, l'œil enflammé, il
pointa presque aussitôt vers moi.

Ce fut mon salut; et une réflexion rapide me montra
tout le parti que j'avais à tirer de son puissant odorat.

— Toi, mon bonhomme, me dis-je, tu m'as découvert :
c'est fort bien; mais si tu crois que je vais tenir l'arrêt
tu te trompes. Tu te trouves à près de deux cents pas
de ton maître. Dès que tu approcheras pour me signaler,
je déboulerai. Si tu n'es pas brisé à l'obéissance, ta
nature prendra le dessus et tu me donneras un pas de
conduite; à ce jeu je ne te crains nullement. Cette
nouvelle course m'épuisera, mais je la tiens pour
préférable encore au coup de fusil.

Ce que j'avais pensé s'accomplit à la lettre.

Le pointer fringant, certain de ne pas se tromper, mo-
déra ses allures et s'en vint droit vers moi à trois pas de
ma remise. Son œil enfiévré s'abaissa vers moi. Le maître,
qui avait observé la manœuvre, se hâtait d'arriver; mais,
grâce à Dieu, deux cents pas ne se franchissent point aussi
facilement pour un chasseur que pour nous. Je détalai
donc sous le regard du chien, et bien m'en prit, car deux
secondes de plus et j'aurais subi la fascination. Le chien,

malgré les rappels de son maître, qui jurait à faire sortir tous les saints du paradis, me donna, sans m'atteindre, le pas de conduite que j'avais prévu.

Encore une fois j'étais sauvé et j'avais passé une journée qui pouvait compter dans mon existence.

Hors de danger, je m'arrêtai fourbu dans un petit jardin, aux abords d'un village, et j'y passai la nuit sans songer à aller au gagnage.

Cette nuit-là fut une des bonnes de ma vie, car je dormis épuisé sans me préoccuper des dangers qui m'environnaient de toutes parts.

Hélas ! ce repos dont j'avais un si pressant besoin, prolongé outre mesure, faillit encore me coûter la vie.

Le lendemain matin je sommeillais entre deux gros choux, lorsqu'une femme s'en vint dans le jardin où je me trouvais et, passant au milieu des choux, se mit à les tâter tous, les uns après les autres. Elle avait un couteau à la main. Je ne fus tout à fait réveillé que par le bruit qu'elle faisait en frappant sur les feuilles.

Elle était si près de moi, la tête baissée en avant, que si ses jupons eussent été plus longs ils m'auraient touché.

Soudain elle m'aperçut.

En moins de temps qu'il n'en faut pour le dire, elle

s'accouva sur moi, m'enveloppant sous son cotillon.

Je vous laisse à penser si je bondis.

Hélas! il n'y avait point d'issues; elle tenait la main sur le bord de ses jupes, afin d'empêcher mon évasion.

Je ne me cassai point la tête dans mes bonds déréglés, car tout était très doux !

— Arrivez, arrivez, un lièvre! cria-t-elle.

Et elle me tenait captif ainsi.

A son appel deux hommes accoururent. Elle expliqua l'affaire au premier, qui incontinent voulut passer la main sous les jupes pour m'empoigner, mais elle s'y opposa en hélant le retardataire qui s'appelait Jean et était son mari.

C'en était fait de moi, vu que ce dernier allait oser faire ce qui avait été refusé à l'autre, quand la Providence me secourut.

Fatiguée d'être ainsi accouvée et harcelée par moi, qui m'agitais comme un beau diable, le pied lui manqua et elle tomba sur son dos un pied en l'air; ce qui me permit de filer entre ses jambes, et je le fis aussi rapidement que vous pouvez le concevoir, sans même prendre le temps de regarder la couleur de ses jarretières!

XVII

Que d'événements en deux journées !

Et dire que chaque jour, chaque nuit, il me fallait affronter de semblables misères et défendre ma peau perpétuellement menacée ! Ah ! si je n'avais point eu tant de prudence ! Je ne consigne ici que les faits les plus saillants et les plus aptes à être utiles à mes semblables ; mais combien d'autres que je ne puis nombrer et qui sont l'ordinaire de chaque jour !

Cependant, j'y tenais à ma misérable existence et je l'ai défendue courageusement jusqu'au dernier jour.

Peut-être ceux qui parcourront ces notes trouveront-ils que nous ne sommes point aussi poltrons qu'on se plaît à le raconter.

J'ai ouï dire que les hommes, nos tyrans, se tuaient pour échapper aux misères de la vie ; je me demande si ceux qui font cela sont plus braves que nous qui luttons jusqu'à la fin et n'abandonnons la partie que lorsque la force nous écrase.

XVIII

Quelques jours après, étapes par étapes, évitant autant que possible les chasseurs battant la plaine, suivant de temps à autre les routes afin de dissimuler ma piste, j'étais de retour dans les bois que j'affectionnais.

Combien de vides je trouvai dans nos rangs !

Cette fameuse battue qui m'avait fait fuir avait été des plus meurtrières. J'appris que quatre-vingt-six compagnons avaient été inscrits au tableau du soir ! Et, en dehors des morts, que de blessés ! L'un, atteint dans les reins, pouvait à peine se traîner et demeurait comme perclus; un autre avait la cuisse cassée; un autre ne pouvait appuyer sa patte de devant désarticulée au joint de l'épaule. Le moins malheureux avait un bout d'oreille de moins. Tout cela était fort triste et nous n'avions guère le cœur à nous réjouir.

Je dois consigner que plusieurs de nos amis, fuyant ainsi que moi au premier déplacement des rabatteurs, avaient réussi à éviter la mort. Ceux-là, rentrés au bercail, ne se séparaient plus de moi; ils me regardaient comme leur chef. Je leur donnais bien toutes les instructions nécessaires pour se garer des embûches, mais, au moment du danger, il ne fallait prendre conseil que de soi-même, obligé que l'on était de se séparer pour faire diversion aux attaques de l'ennemi.

Et Dieu sait si les attaques se multipliaient! Les jours et les nuits se passaient dans des alarmes continuelles.

Je n'avais réintégré de huit nuits le cantonnement familial, que le soir, en allant au gagnage, un jeune levraut annonça qu'il avait ouï parler d'une battue pour le lendemain. On ne prit guère au sérieux sa parole, et nous rentrâmes dans nos broussailles.

Quelques-uns d'entre nous cependant étaient sur le qui-vive.

Vers les deux heures, une bande de gens sans aveu, que j'avais vus prendre les ordres du garde-chef, se massèrent dans un layon. La fin de la journée allait être chaude. J'étais sur la lisière, et je pus voir arriver les tueurs; leurs mines me firent passer un frisson : ce n'étaient point des débutants, ils parlaient peu et me parurent très dispos à envoyer droit un coup de fusil.

Voilà que, sur un signe, les traqueurs, munis de longs bâtons, pénètrent dans les enceintes.

On tire au sort les places et, suivant le numéro échu, chacun occupe son poste en bordure.

Je n'en menais pas large, je vous prie de le croire.

Tout d'abord, je résolus de ne pas bouger de mon gîte ; mais bientôt le vacarme qui vint m'assourdir, les cris répétés : lièvre, lapin et les coups de fusil me firent perdre mon sang-froid. Ma respiration saccadée agitait les labiées qui m'entouraient, ce qui me faisait peur. J'eus l'idée de piquer droit en retour et de traverser les lignes des rabatteurs. Ce procédé était praticable et m'avait plusieurs fois réussi. Presque au même moment une fusillade nourrie retentit. Je débuchai et, à travers la fumée, je gagnai la plaine.

Ma décision au milieu du danger fut heureuse, car tous les fusils des chasseurs postés étaient vides et je me trouvais déjà à soixante mètres avant qu'ils eussent rechargé. Cette vive décharge au bruit de laquelle j'avais, heureusement pour moi, pris un parti opposé à celui projeté par avance, avait mis sur le flanc une dizaine de mes amis.

Fallait-il donc vivre ainsi ? Hélas ! oui, car tous les jours se ressemblaient ou à peu près ; et cependant j'y tenais encore, à ma vie d'angoisses.

Je passerai rapidement sur tous ces dangers quotidiens et presque oubliés à cause de leur multiplicité.

XIX

La saison s'avançait. L'automne avec ses brumes était
arrivé, et les feuilles, une à une, se mirent à tomber, in-
quiétant jusqu'à notre éphémère repos.

Ajoutez à cela les gros glands dévalant des chênes autour de nous et parfois sur notre dos, nous causant ainsi
des peurs affreuses, et la pluie ruisselant des branches
sur notre tête, dans nos oreilles, et vous aurez un aperçu
de notre situation lamentable.

L'heure était venue de déserter, pour un temps du
moins, ces solitudes tant aimées. Tout cela n'était que les
prémices des pluies torrentielles qui nous étaient réser-
vées. Il nous fallait chercher des gîtes ailleurs, et point
pourtant dans le fond du vallon, mais sur des coteaux
pierreux exposés au soleil ou sur les hauts bords des fossés.

Quand reverrions-nous ces hautes futaies, notre abri
naturel !

Par une nuit sombre, alors que le vent faisait
gémir les arbres, je quittai cet asile si cher, résolu

à aller chercher ma pâture dans d'autres régions.

Je fournis donc une longue course du côté opposé à celui que j'avais choisi lors de la fameuse battue. Après avoir bien observé le pays, je découvris une hêtrée à cent mètres environ de laquelle s'élevait une ferme entourée

d'un haut fossé sur lequel étaient plantés des chênes. Le vent soufflait de l'ouest, je me mis à l'abri à l'est sous un grand chêne, entre deux racines moussues formant saillie. Ce gîte me parut bon.

Je n'avais pas tort : j'y fus tranquille deux jours ; je comptai bien quelques chasseurs, mais ils ne paraissaient pas soucieux de chasser si près d'un lieu habité. Je me trouvais fort proche de l'ennemi et l'ennemi allait me chercher au loin.

Cependant la nourriture n'était guère abondante là où je m'étais campé et, après deux nuits de maigre pitance, je me risquai un peu plus loin afin de satisfaire mon appétit, bien résolu, toutefois, à revenir à ma maison de rencontre dans laquelle j'avais goûté un peu de calme.

Le temps s'était remis au beau : la lune brillait. J'allai tout droit devant moi, contournant les haies, tant ma peur des collets était grande ! Je trouvai un souper si succulent que le jour me surprit mangeant encore. Je jugeai qu'il était imprudent de regagner ma chaumine d'occasion. Demain il sera temps, pensai-je.

Et, apercevant sur un coteau pierreux une carrière au fond de laquelle s'épanouissait un superbe roncier très touffu, je m'y précipitai pour me blottir entre une pierre et les ronces. J'étais bien caché, à l'abri du vent, et je croyais bien que nul ne viendrait me relancer dans ce trou abandonné.

Ma confiance, encore, était téméraire !

XX

Le soleil déjà haut éclairait le fond de ma retraite,
lorsque j'entendis dans le lointain des chiens courants
menant grand train sur une voie. Était-ce moi qu'ils
avaient éventé ? J'espérais bien que non, car, dès que
j'avais découvert cet abri, au lieu de m'y remiser tran-
quillement, j'avais d'un long saut coupé toute trace d'o-
deur en ne laissant pas l'empreinte de mes pas sur la
margelle de la carrière.

J'écoutai : les voix se rapprochaient insensiblement : un
tremblement s'empara de moi. Puis les aboiements ces-
sèrent.

Les chiens avaient-ils perdu la piste ?

Mon espoir ne fut pas de longue durée ; bientôt, en
effet, les hurlements recommencèrent de plus belle. Enfin ils se turent de nouveau. Sans doute ils empaumaient
une seconde fois les voies parcourues. Le chasseur appro-
chait cependant, sa silhouette se profila sur le bord opposé
de la carrière.

Quant aux chiens, ils ne donnaient plus, ils avaient perdu; ils tournaient, reprenaient la voie pour revenir au point final où ils ne sentaient plus rien, inquiets et un peu confus.

Le chasseur déclara qu'il n'y avait rien; le manège durait depuis longtemps, et son peu de patience était à bout. Il chercha à les rallier, mais ceux-ci persistaient, ils avaient leur idée et, certes, elle n'était pas mauvaise, car c'était bien moi qu'ils avaient senti.

Je tremblais comme une feuille.

Ce fut le chasseur lui-même qui me sauva.

Il se décida à parler avec autorité à ses chiens, qu'il traita d'imbéciles, si bien qu'il finit par les rompre et les emmener loin de ma retraite.

En les entendant s'éloigner, je respirai.

Ah! si, au lieu d'être novice, ce chasseur matinal eût été un vieux routier, sondant du regard sillons et buissons, comme il m'aurait fusillé dans mon réduit. Quand j'y pense, j'en frémis encore.

Toujours est-il qu'il empêcha ses toutous, beaucoup plus forts que lui en matière de chasse, de me découvrir, et je lui en sus gré.

XXI

En résumé, mon refuge était loin
d'être sûr, et le chasseur qui passerait
le lendemain pouvait en savoir plus
long que le jeune inexpérimenté
auquel heureusement j'avais eu
affaire; aussi, à la nuit tombante, je
me fis un devoir de filer.

Je fus très avisé!

Le surlendemain j'appre-
nais qu'un renard, attardé
dans une expédition, s'était,
à l'approche du jour, jeté
dans ledit roncier
précédemment oc -
cupé par moi, se fai-
sant, lui aussi, un
abri des ronces grim-
pantes. Mais moins fortuné que moi — ce dont je me

10

réjouis, car c'est un ennemi juré de notre race — il fut
surpris par un chien qui passait en compagnie de son
maître, lequel lui envoya un magistral coup de fusil
et le cloua dans ce liteau d'emprunt.

Après moult péripéties et alertes parfois très vives, je
parvins à rejoindre mon séjour de prédilection.

Il ne s'était pas écoulé vingt-quatre heures depuis ma
réintégration, qu'un matin, par un temps de gelée, je
vis des chasseurs, suivis d'une petite meute de huit
chiens couplés, envahir notre canton.

Les chasseurs s'éloignèrent, et le piqueur tenant les
chiens resta seul.

Au bout de quelques minutes, j'ouïs un son de
trompe auquel le piqueur répondit par un coup de cornet
à bouquin. Après quoi il découpla quatre chiens et les
lança dans le fourré en leur disant :

— Lancez, mes beaux !

Moi qui veille toujours d'un œil, j'avais tout observé
et compris cette manœuvre n'annonçant rien de bon, et
je pressentais qu'il faudrait en découdre.

Soudain un « gnaff » aigu chatouilla désagréablement
mes oreilles. Puis ce fut tout. Les chiens muets sortirent
du hallier et firent une randonnée en plaine. Évidemment,

ils avaient rencontré la passée de l'un de nous, et tous avaient couru reconnaître la voie de la nuit.

Peu à peu ils démêlèrent les routes parcourues, et leurs aboiements se firent entendre à nouveau, annonçant un rapprochement de mauvais augure.

Les chasseurs ne se doutent guère combien ces voix, ces hurlements, si joyeux pour eux, sont lugubres à nos pauvres cœurs, lorsque chacun de nous, en son gîte, les entend se rapprocher. C'est tout bonnement à en perdre la vie de frayeur. Chacun de se dire : Est-ce pour moi? Et généralement tous, tant que nous sommes, dans la crainte de signaler imprudemment notre présence, nous faisons les morts, nous aplatissant de plus en plus dans la forme que nous avons foulée!

De nouveaux coups de gueule plus soutenus m'annonçaient clairement qu'ils étaient sur une bonne suite.

Quel parti prendre?

Étais-je revenu au bercail pour y périr? Que de fois cela s'est vu cependant!

En entendant la meute hurler d'ensemble et rentrer en forêt, je jugeai que le meilleur parti était de me dérober sans bruit et de gagner une autre enceinte. Après avoir fait cent pas en ligne droite, je me mis à embrouiller

mes voies, sautant à droite, puis à gauche, quand je fus
convaincu à n'en point douter que c'était sur mes traces
que les chiens étaient lancés.

Arrivé sur une petite éminence, je les vis s'arrêter à mon
gîte de la nuit. Alors ils redoublèrent leurs hurlements,
sûrs qu'ils étaient de ne point se tromper.

Hélas! j'étais donc l'animal de chasse!

XXII

En ma qualité de bouquin toujours remuant et inquiet, et aussi grâce à ma prudence native, j'avais en ma nuit foulé beaucoup de terrain, broutant de-ci de-là, sans jamais stationner longtemps. En sorte que, même autour de ma reposée, les chiens éprouvèrent quelque hésitation. Ce ne fut malheureusement pas de longue durée, et ils renouvelèrent promptement leurs hurlements, entrant décidément dans la voie chaude.

Il n'y avait pas de temps à perdre.

Après avoir calculé la distance qui me séparait d'eux, je me jetai dans un chemin pour gagner la lisière. En peu de temps j'eus une grande avance et j'en profitai pour m'en aller à petits pas dans un routin conduisant à la plaine. N'étant plus qu'à vingt  mètres de la sortie, je bondis dans un fourré aboutissant à une clairière. Là, bien posté pour écouter et envisager la situation, je m'arrêtai, lorsque soudain une forte odeur de tabac vint m'avertir qu'un chasseur se trouvait en face de moi.

Rabattre sur mes pas et fuir dans une autre direction fut l'affaire d'une seconde. Comme un brouillard subit commençait à tomber en gouttelettes fines sur les branches, je me précipitai tête baissée dans un taillis faisant pleuvoir sur mon passage toutes les gouttes d'eau qui, vraisemblablement, devaient atténuer mon odeur et embarrasser les chiens lancés à ma poursuite. Mon stratagème réussit, et je pus gagner une autre extrémité du bois. La musique des chiens ne cessait point; mais comme ils étaient loin, j'eus soin, en me coulant par une passée, d'observer ce qui se passait. Là, je fus saisi d'épouvante : tous les quarante mètres j'aperçus un chasseur le fusil sous le bras. Je ne pouvais cependant point rester indéfiniment dans le bois dont les sentiers me brûlaient les pattes. Il fallait me résoudre à vider l'enceinte !

C'est alors qu'assis et protégé de trois quarts par un hêtre magnifique, j'observai scrupuleusement les chasseurs.

L'un d'eux, ventre au bois, l'œil à droite et à gauche,

scrutait les sentiers en homme du métier. Un autre avait les yeux fixés sur ma clairière.

Je n'avais pas de chance de salut de ce côté-là, car tous les deux savaient !

Dissimulé par la lisière, je fis une centaine de pas en bordure. En face de moi, un jeune chasseur, frais et pimpant, avec des guêtres neuves, pirouettait sur ses talons, tenant à l'épaule un fusil flambant neuf.

— Voici mon affaire ! me dis-je; ce jeune homme a sans nul doute de fort mauvaises intentions à mon égard, mais il est jeune et son attitude me fait supposer qu'il n'est pas très ferré sur nos us et coutumes. Il marche au lieu de rester en place, pivote sur lui-même, contemple son fusil du coin de l'œil : j'ai des chances.

Ma résolution était prise !

Je le vis regarder à sa montre et tirer de son carnier une gourde. Au moment donc où il prenait son cordial, je débuchai avec une célérité extrême et passai à trente mètres de lui.

J'entendis bien que ses compagnons lui criaient à tue-tête :

— A vous ! à vous !

Mais à ce moment j'étais à une grande distance et son fusil ne résonna point.

L'attitude de ce chasseur ne m'avait pas trompé. Tout danger n'était toutefois pas passé.

XXIII

Les chiens, auxquels on avait adjoint les quatre autres instantanément découplés, se ruèrent à mes trousses à travers les guérets.

Heureusement ma fuite rapide avait rendu ma voie plus légère que celle de la nuit faite pas à pas et à corps reposé, ce qui fait le sentiment si tenace.

Ils empaumèrent franchement au début; mais il leur fallut refaire les zigzags qu'à deux cents pas de mon lancer j'avais esquissés pour me donner de l'avance par la suite. Profitant de ce répit, je pus franchir quelques grosses haies, filer dans le creux d'un fossé et, reprenant un autre champ, me confier à la vitesse de mes jambes.

Sur ma route se trouvait une sapinière, je m'y remisai quelques instants. De là, examinant la chasse, j'acquis en peu de temps la certitude que la meute, qui avait accueilli chaudement la première voie, se ralentissait d'une façon notable dans les tours et détours. Je n'avais parcouru certains endroits qu'en procédant par bons, effleurant le sol.

11

Pour comble de bonheur pour moi, un camarade
égaré dans le labouré se leva devant elle. Quatre
d'entre les chiens se mirent à le chasser à vue, m'a-
bandonnant complètement. Le chien de tête, seul,
accompagné de trois autres — mais ceux-là trop
lents pour lui — s'acharna après moi sans s'inquiéter
de la diversion.

Il y eut simultanément deux chasses.

L'heure de rire n'était cependant point encore arrivée.
Les quatre chiens bien créancés se remirent résolument à
ma poursuite. Allait-il donc falloir retourner au lancer ?
Si cela était, c'était la mort certaine, vu qu'après deux
heures de course désordonnée, exténué, les flancs collés,
les pattes brûlantes, lequel d'entre nous conserve assez
de sang-froid pour choisir une bonne rentrée ? Il va droit
devant lui et se dirige vers le débucher dans un rayon
de cinquante mètres. Affolé, n'y voyant plus clair, c'est
alors qu'il reçoit le coup de la mort. Coup certain, même
de la part des *hurluberlus* novices qui nous voient venir
à eux, l'œil pâli par la fatigue et tirent sur nous comme
ils le feraient dans une cible, trop fiers, hélas ! pour la
peine qu'ils se sont donnée.

XXIV

Je fis quelques nouvelles randonnées
dans la sapinière et j'enfilai de nouveau la campagne adossée à ce
bouquet de pins, campagne dont
je ne connaissais nullement les
déduits.

La lassitude me gagnait.

Au bout d'un quart d'heure,
je découvris une ferme à
l'entrée de laquelle crou-
pissait une mare
noire formée par les
eaux des pluies
et l'écoulement
d'un fumier.
Je longeai
les bords de

cette mare nauséabonde et je sautai sur le fumier.

Enfin Dieu me sauvait! L'odeur du fumier, ma voie
atténuée par l'eau que mes pattes avaient touchée, dé-
pista complètement les chiens qui, en défaut pour de
bon, s'arrêtèrent net. Profitant de leur trouble, imprégné
de cette puanteur, ma sauvegarde, je me glissai dans
un petit potager situé derrière une grange. Les chiens
désorientés avaient cessé leurs aboiements, et dix minutes
après ils hurlaient au perdu.

Encore un coup j'étais sain et sauf.

Il n'était que temps! car lorsque je fus foulé de
quelques instants j'éprouvai une fatigue telle que si la
meute m'eût relevé, il m'eût été impossible de fournir
une nouvelle course. J'aurais été bel et bien mis à
mort sur place.

XXV

Par ces quelques événements pris çà et là dans notre existence tourmentée et se renouvelant sans cesse, on pourra se rendre compte combien notre vie est misérable. Et pourtant nous y tenons et nous la défendons. Quelques heures de gaicté le soir après une belle journée, quelques jeux folâtres, en compagnie, sont une maigre compensation.

Ainsi nous sommes créés pour une vie d'angoisses, et nul ne peut s'y soustraire.

XXVI

L'hiver était venu. Quel hiver !

Il fut si long et si dur qu'on entendait dire partout que depuis cinquante années on n'en avait point vu un pareil. Que de misères nous eûmes à endurer pendant ces mois de neige, de glace et de pluie !

Les chasseurs habitués à une bonne table, à un bon lit, qui bien vêtus, bien lestés, se mettent en route par une belle journée d'hiver pour nous traquer, ne pensent pas que, lorsque leurs chiens nous lancent sans pitié pour affronter les coups de feu, le pauvre lièvre à peine foulé à la suite d'une nuit agitée, engourdi par sa première somnolence, est d'une prise peu honorable.

S'il s'en trouvait parmi eux qui vinssent à réfléchir sur notre existence vagabonde et si pleine de tourments, peut-être ceux-là auraient-ils pitié !

Mais il en a été ainsi ordonné, aussi ne nous attendons-nous pas à la commisération.

A la première alerte, par les temps les plus durs, nous

déguerpissons avec un entrain bien fait pour donner à
croire que nous avons bien soupé, bien dormi, et que si
nous prenons la campagne, c'est l'histoire de nous dé-
gourdir les jambes.

Comme on écrit l'histoire cependant!

Si ces notes pouvaient être utiles à quelques-uns,
sinon attirer quelque compassion sur notre gent
errante!

L'hiver fut rude, ai-je dit; après les premiers brouil-
lards de novembre, le temps se mit à la gelée. La gelée
n'est point un mauvais temps : grâce à elle, en effet, les
chemins sont durcis et ne gardent point l'empreinte de
nos griffes; de plus, ils ne conservent qu'un sentiment
très fugace de notre passée. Dans ces temps assez durs
pour notre vie intime à cause du froid d'abord et du
manque de nourriture, nous échappons encore souvent
au plomb meurtrier.

Après quinze jours d'un temps âpre, le ciel se couvrit
et la neige vint à tomber dru et serrée pendant vingt-
quatre heures, de telle sorte que les chemins devinrent
impraticables.

Plus de nourriture, il fallut se résigner à ronger les
racines des arbres : maigre régal qui ne réchauffe guère

l'estomac. Là, cependant, n'était pas le plus grand danger pour nous.

Si nous faisons un pas sur ce grand tapis blanc, nos allées et venues sont signalées à tout venant; et le braconnier, le fusil sous sa blouse, sait parfaitement où nous trouver.

Quand la neige couvre la terre, un coup de fusil s'entend peu, et les rôdeurs en profitent. Ils suivent piquet par piquet nos randonnées de la nuit et viennent d'assurance nous assassiner dans notre habitacle.

En ai-je vu, de mes frères, rougir de leur sang leur gîte où, paisiblement et sans percevoir le moindre bruit alarmant, ils attendaient le soir pour aller au gagnage !

Puis ce sont les coups d'affût.

Les maudits grimpent dans les pommiers à quelques mètres du bois ou de l'endroit où ils ont remarqué nos traces et nous attendent à l'heure où, confiants dans le calme de nos solitudes, nous nous rendons à la pâture.

En place d'un frugal souper, c'est du plomb que nous recevons.

Tout cela est navrant.

Le chasseur est terrible, le braconnier est pire; c'est le fléau : outre le fusil il a le filet. Comment se garer de tant d'embûches? Et cependant il faut bien aller chercher sa pauvre vie.

Avec la neige aussi ce sont les renards, les fouines, les belettes, les chats, etc., les pies qui fondent sur nous, nous affolent par leurs cris, s'abattent sur nous et nous crèvent les yeux. Chaque pas cache la mort. Notre repos même nous est funeste.

Demandez aux vieux chasseurs si j'exagère!

XXVII

Ces neiges terribles durèrent trois semaines pendant lesquelles je subis toutes les tortures inimaginables.

Quand donc tout cela finirait-il?

La neige cessa enfin; mais, après cinq jours de gelée, le dégel commença accompagné de pluies torrentielles inondant les basses terres et nous refoulant vers les endroits escarpés. Encore là, n'y avait-il guère de gîtes secs. Il nous fallait monter sur des troncs d'arbres afin de n'avoir point le corps dans l'eau. La pluie tombait avec persistance et j'avais ma fourrure à l'état de linge sortant d'une cuve de lessive.

Tout cela était bien dur!

Enfin l'hiver se passa, et quelques jours, prélude du beau temps, me firent oublier les intempéries de la triste saison.

On perd vite le souvenir des heures de peine lorsqu'un rayon de soleil vient à luire! Oh! comme ce jour-là on

se réchauffe à sa clarté! Je me trouvai heureux; et ce
bonheur me rendit imprudent. En pleine relevée je
m'aventurai en rase campagne afin de me bien réchauffer
aux rayons de ce soleil reparu, et je me foulai sur le
bord d'un champ sans souci des passants. Il ne m'arriva
rien, mais en vérité c'était miracle. J'avais agi en étourdi.
Peu à peu une température plus clémente se fit sentir.
La chasse était fermée et je n'avais plus à craindre que
les rôdeurs. Je commençai à respirer.

Ici se place un épisode que je ne saurais passer sous
silence.

XXVIII

La saison dernière de la chasse, les braconniers des
bois, renards, fouines, etc., les braconniers à deux
pattes, gardes, etc., et les frimas nous avaient considé-
rablement décimés. Nous nous retrouvâmes peu nombreux, relativement, mais bien décidés à nous unir dans
une commune entente pour notre conservation.

Je n'hésite pas à l'avouer : j'étais rompu aux ruses de
notre métier de victimes, et les lièvres avaient une réelle
considération pour ma personne, si bien que ma réputa-
tion, connue à quelques lieues à la ronde, m'avait valu
une petite cour de mes congénères accourus des com-
munes voisines, et qui désiraient se mettre sous ma
protection.

J'étais bien un peu fier de ces hommages ; pourtant
je ne me dissimulais pas qu'un jour ou l'autre il me
faudrait tomber dans la bagarre, et cette perspective
n'avait rien de divertissant.

J'arrive à parler d'une liaison qui, si elle a fait le

charme de ma vie errante, a été également une source
de tourments.

Parmi tous ces lièvres venus des cantons voisins,
j'avais remarqué une jeune hase,
la plus jolie qu'on eût pu voir,
blonde comme les épis de blé à
la mi-août, dont les larges yeux
couleur de topaze me troublèrent
si profondément que j'en fus
pendant quelques jours
comme assoté ! Elle
s'appelait Serpelette !

J'en perdis tout à
coup le sommeil et
l'appétit ; et,
qui pis est,
moi si pru-
dent, je fail-
lis tomber
dans les piè-
ges les plus grossiers, et peu s'en fallut que je ne perdisse
bêtement ma peau avant de voir mes vœux couronnés.

De son côté, la jeune hase aux yeux de topaze avait

remarqué mes assiduités ; mais, comme il arrive toujours
parmi ses semblables, lorsqu'elle fut bien certaine que
j'étais féru d'amour pour elle, elle fit la coquette, gam-
bada avec les camarades afin de me braver, ne faisant
pas plus attention à moi que si je n'existais pas. En agis-
sant de la sorte, elle savait fort bien que plus rien ne me
détacherait d'elle, et elle en profitait.

J'avais beau l'accabler de prévenances, en allant à la
pâture découvrir à son intention les plus belles tiges
de serpolet, la houspillant pour qu'elle détalât au plus
vite lorsque je flairais un danger : elle paraissait insen-
sible à tout. Elle allait même plus loin, elle faisait plus
d'amitiés à mes semblables qu'à moi.

J'en maigris, et j'en arrivai au point que si, en ces mo-
ments-là, j'avais reçu le coup de la mort, j'aurais été un
piètre butin pour le chasseur.

Il advint même que je me demandai un jour à quoi
servait de vivre ainsi. Dans ces heures de tristesse, si un
chasseur se fût présenté, je n'eusse même pas pris de
parti. Je l'aurais aperçu à deux pas de ma forme diri-
geant vers moi le terrible fusil qui autrefois m'épouvan-
tait tant, que je n'eusse pas cherché à fuir.

Cependant je ne quittais pas le canton habité par

13

l'objet de mes amours, et, ne pouvant mieux, je me contentais de le voir. Si je ne songeais plus à ma sécurité personnelle, je veillais à la sienne, protégeant sa vie qui m'était tant de fois plus chère que la mienne.

L'été se passa de la sorte.

Un matin, c'était le jour de la fermeture, voilà que des chasseurs arrivent au bois avec trois couples de bassets. Comme il n'y avait plus de feuilles, je les aperçois de loin et, tapi dans les herbes sèches, je surveille leurs allures. Les chasseurs se placent et le garde entre dans le bois avec les chiens qui, je le remarque, avaient les jambes torses.

Je ne craignais rien pour moi, je vous assure; mais je pensai à ma belle dédaigneuse que j'aimais plus que jamais et qui se trouvait à cinquante pas de moi dans un buisson de genévrier.

Tout faisait présumer que ce dernier jour de chasse serait lugubre pour nous autres pauvres déshérités.

Les chiens découplés se mettent à fouiller notre enceinte. C'en est fait! ils ont pris la voie de ma pauvre amie qui bientôt est sur pied. Ainsi que c'est l'habitude de ce sexe si recherché, cause de tant de peines et de tant de joies, de ruser en tout, elle se met à opérer ses randonnées dans le carré, revenant au lancer sans sortir. La meute hurlait d'ensemble et ne la perdait pas. Ce jeu ne pouvait se prolonger; il allait bien falloir qu'elle débuchât et la mort l'attendait là!

Au moment où, après une nouvelle randonnée, elle repassait à portée de moi, je claquai mes oreilles. Elle s'arrêta et je lui fis comprendre qu'il était urgent qu'elle se foulât au plus vite à quelques pas de là, ce qu'elle fit.

Quand les chiens arrivèrent, je me donnai à eux, les entraînant à ma suite. Quatre coups de fusil saluèrent ma sortie!

Je n'étais pas atteint!

Et comme je me moquais pas mal des petits bassicots, je piquai droit devant moi, les gagnant d'une vitesse telle qu'au bout de trois minutes, je pus m'arrêter et m'assurer qu'ils avaient tous les six pris convenablement le change.

XXIX

Sûr de mes jambes, je recommençai ma course désordonnée et je les emmenai à ma suite à une lieue du bois. Pendant ce temps ma belle aurait le temps de se mettre en sûreté.

Vainement chercha-t-on à couper ces bassets ; ils empaumaient la voie fraîche avec une ardeur sans pareille, d'autant mieux que l'un d'entre eux qui aboyait le nez haut ne me perdait guère de vue et conduisait les autres. Enfin, les distançant de deux cents mètres, j'arrivai sur le bord d'une rivière.

Il faisait froid. Toutefois je n'hésitai pas à me mettre à la nage afin d'entraver cette poursuite qui me lassait d'autant plus que, comme je l'ai rapporté plus haut, je ne mangeais guère.

Les chiens demeurèrent sur la berge ahuris, dépités de leur mésaventure et peu soucieux de m'imiter. Après

avoir rôdaillé quelque temps, ils se décidèrent à s'en
retourner clopin-clopant, sans s'inquiéter davantage
de moi.

Allaient-ils regagner le bois et, ralliés par le piqueur,
lancer à nouveau celle que j'avais voulu sauver ?

Cette idée me préoccupa jusqu'au soir.

Enfin cette journée si sombre pour mon cœur, si fu-
nèbre pour nous tous, eut une fin.

La nuit tombée je me dégîtai et, mettant à profit mes
connaissances des terrains environnants tant de fois par-
courus, j'enfilai un petit pont et, prenant la grand'route,
je contournai le village d'où dépendait notre forêt. Là,
j'entrai sur la plaine que j'avais traversée le matin et, sans
m'arrêter, je me dirigeai vers notre demeure. Mon cœur
battait bien fort !

— Allais-je la revoir !

Je n'étais déjà plus qu'à cinquante mètres de l'orée du
bois lorsque j'entendis venant à moi...

Qui ?

Elle ! Serpolette, la jolie hase blonde aux yeux de
topaze.

Mais comme elle était changée !

Cent fois plus belle encore ! ce n'était plus la froide

beauté des jours écoulés ;. ce n'était plus la belle dédaigneuse de la veille ! C'était celle que j'avais rêvée, sou-
haitée : attendrie, caressante, m'offrant tout d'un coup
les trésors de ses tendresses.

Elle avait eu bien peur pour moi.

XXX

Bonne chérie! Elle attendait mon retour avec anxiété, redoutant les suites d'un dévouement que je lui avais prouvé et qu'elle tenait à récompenser d'une façon éclatante. Nous fûmes si heureux l'un et l'autre, que ce souvenir me fait en partie oublier les vicissitudes de ma vie accidentée.

Ah! comme à partir de cette nuit-là je fus repris plus que jamais du désir de vivre.

En peu de temps le bonheur me redonna ma fière allure du temps passé. Je pus pendant quelques jours songer uniquement à ma jolie compagne, car, ainsi que je l'ai mentionné, nous avions atteint de nouveau la fermeture de la chasse; et l'on sait qu'à cette époque nous jouissons d'un peu de répit, bien que tout danger n'ait point disparu.

Peu après, vint la guerre aux lapins. Ceux-ci avaient eu leurs beaux jours pendant qu'on nous traquait de toutes parts, mais pour eux les mauvaises heures allaient sonner. Ces pauvres lapins ne nous sont pas très sympa-

14

thiques à cause de leur turbulence, cependant je ne
pouvais m'empêcher de les plaindre en voyant la guerre
sans trêve ni merci qu'on leur faisait quotidiennement.
Et puis, sous prétexte de tuer des lapins, que de coups de
fusil nous étaient réservés ! Ce n'était plus nous que
l'on chassait, mais il ne faisait guère bon de se montrer !

Enfin, la chasse à la bécasse, qui donne la faculté de
parcourir les bois, nous est aussi très funeste. Le chasseur
dans ce cas-là est seul avec son chien ; personne ne
l'observe et il a bientôt fait d'envoyer du plomb à un
pauvre lièvre entrevu entre trois brindilles d'herbes !

Que de misères, mon Dieu !

J'avais grand soin de ne pas m'éloigner de ma hase
afin de la prémunir contre tous les dangers menaçants
et de la sauver, si faire se pouvait, le cas échéant. J'avais
par le fait deux vies à protéger.

En voyant le mal qu'individuellement nous avons, vous
comprendrez aisément combien mon sort était lamentable. Je ne me plaignais pas toutefois, et l'amabilité de
Serpolette parvenait à dissiper les noirs chagrins qui
eussent fini par me tuer.

Quatre années s'écoulèrent donc, ainsi que je viens
de le raconter, au sein de transes successives, sans être

jamais sûr, non seulement du lendemain, mais même de la minute suivante.

Il est dans notre nature de s'aguerrir en vieillissant, mais non point de s'habituer à ne plus trembler.

En fin de compte, j'avais échappé aux mêlées les plus chaudes sans y avoir laissé un poil de moustache ni un ergot, quand un matin, un maladroit, chassant en plaine, me cingla à cinquante mètres de quelques plombs qui, plus tard, devaient me gêner dans ma marche. Ce jour-là, je fis contre fortune bon cœur, m'évertuant à ne rien laisser paraître, en sorte qu'il crut ne m'avoir pas touché.

Rentré au fort, je sentis une fois de plus que ce jeu-là finirait par m'être fatal. Je n'étais point estropié, mais ma cuisse était lourde.

Était-ce un avertissement ?

XXXI

Par une belle nuit, j'étais allé au gagnage avec Serpolette, lorsque l'aube nous surprit en plaine.

Nous nous étions attardés plus qu'il ne fallait après des liserons dans un champ d'avoine.

Il se trouvait à quelques pas de là une mare dont les bords plantés de saules nous offraient un abri.

Ma hase se rasa dans un labouré entre deux chardons, et moi je me remisai sous une cépée.

La journée se passait bien quand, une heure avant le coucher du soleil, un coup de fusil me fit trembler dans ma forme, et aussitôt j'entendis des cris déchirants.

Juste ciel! c'était ma petite amie que l'on tuait traîtreusement dans sa maison!

J'entendrai jusqu'à mon dernier soupir sa voix agonisante qui me glaça le sang dans les veines.

C'en était fait de moi!

Je déboulai, et le traître qui avait tué l'épouse

m'envoya un coup de fusil. Aveuglé et étouffé par
le sang qui me montait au cœur, je piquai droit
devant moi sans savoir où j'allais.

J'étais mortellement
blessé ! je courus, je
courus... je sentais les
forces m'abandonner.
Enfin je me suis abattu
au pied d'un pom-
mier...

Le soleil se
couche rouge
à l'horizon
et mes pau-
vres yeux
voient aussi la terre rouge...

La nuit vient pour tous, et pour moi la grande
nuit!...

Je n'ai que le temps de dire à un camarade qui se
trouve là ce qui s'est passé!... »

XXXII

Le soir du dit jour, au château des Hautes-Futaies, le
neveu du baron Tancrède
revint avec un lièvre et ordonna
au garde de faire la plaine
dès la première heure, disant
qu'il avait blessé un autre lièvre
qui devait être mort environ à
deux cents mètres de la mare aux
saules. La nuit seule l'avait empê-
ché de le retrouver.
Le lendemain matin,
le garde,
suivant
les indi-
cations de
son maî-
tre, prit
sa vieille « Miraude » et rapporta un lièvre blanchi
15

par les années qu'il avait trouvé mort sous un pommier.

Ce vieux rodillard était notre héros qui — jeu du hasard — avait été occis par son neveu, le nouveau seigneur des Hautes-Futaies.

On n'est jamais trahi que par les siens !

XXXIII

Ici se terminent « les Mémoires du lièvre » dit le sorcier, transcrits textuellement par nous.

Il aurait pu vivre encore longtemps, car il n'avait pas, à beaucoup près, usé tous les tours qu'il avait dans son sac. Mais en haut lieu il avait été jugé qu'il avait assez pâti et qu'il était temps qu'il se reposât.

Les descendants auxquels il a communiqué ses ruses continuent son œuvre.

Depuis cette époque les lièvres du domaine des Hautes-Futaies font le désespoir des chasseurs. Ils ont profité des leçons de notre héros et se montrent rebelles à tous les pièges, ce qui déconcerte un peu les braconniers eux-mêmes.

Le pays est resté giboyeux, grâce à la longanimité de saint Pierre ; sans l'incarnation du baron, il y a peut-être beaux jours que le dernier lièvre aurait disparu.

XXXIV

Lorsque le pauvre hère, après une vie si agitée que les

poils de sa frimousse en étaient complètement blancs, eut
rendu le dernier soupir, on frappa à la porte du paradis.

C'était l'âme du baron Tancrède des Hautes-Futaies dégagée des liens terrestres que lui avait imposés pour pénitence saint Pierre.

— Baron des Hautes-Futaies, lui dit le prince des apôtres, le bon Dieu a regardé d'un œil de miséricorde vos années de pénitence.

Vous avez eu faim, vous avez eu soif, vous avez été privé de sommeil. La vie vous a été dure ; en un mot vous avez peiné ainsi que c'est le sort de toute créature. Vos péchés sont effacés ! Entrez !

Et la porte du paradis se referma sur le baron.

Tancrède des Hautes-Futaies était enfin pour l'éternité dans le lieu de repos, ne regrettant ni son château, où il avait été tout-puissant, ni les bruyères et les buissons où il avait vécu la vie libre mais triste que nous savons.

CHARLES DIGUET.

Septembre 1885.

CORBEIL. — Typ. et ster. CRÉTÉ.

www.ingramcontent.com/pod-product-compliance
Lightning Source LLC
Chambersburg PA
CBHW060807250626
47162CB00005B/1695